歌集

生きてこの世の木下にあそぶ

山中もとひ

六花書林

生きてこの世の木下《こした》にあそぶ　＊　目次

装幀　真田幸治

生きてこの世の木下《こした》にあそぶ

新《にい》年《どし》

郵便配達人《ポストマン》の指紋をつけて届きくる表もうらも印刷の賀状

丈高く手足を長く歩む人ジャコメッティのパリにはおらず

降る雪や明治も昭和も平成も消費するため引き寄せらるる

集配所作業所多きこの街に働き者のガンダムは来た

松明けの百円ショップに厨房の備品買い込む若き人たち

新年《にいどし》の商い始め小体《こてい》なる茶舗はやたらと値引きされたり

チョコレートコロネくるくる日本の神話は左廻りが格上

総本社水天宮に来てみれば奇抜な姿の阿吽の狛犬

降ってくる

打ち靡く七日七草ふくおかを言うに言われぬ雪降り籠める

雪を被《き》て生垣の葉の濃ゆき朱《あか》錦を飾るということありき

冬蒼天ヘリコプターの爆音の降りくる下に落葉を掃けり

寒ゆるぶ午さがりには練色《ねりいろ》に山煙らせて霾《つちふ》るところ

ていねいに水撒く係の人はいて工事現場に指図の声降る

プロセス

冬晴れの荒戸大橋《あらとおおはし》冴え冴えと蒼きが中に弧を曳いて行く

昨夜降りし雪に磨きあげられて冥《くら》しと見ゆるまでに青空

池の面に吸われて消える淡雪のながく会わざる知り人の家

「まだ満開じゃない」と言い捨てられて梅の花プロセスという一大事あり

梅咲くはどこか姿のよさがある背筋伸ばして文字書く女

MITSUKOSHIの赤太文字《あかふともんじ》に見下ろされ屋根反り返る警固《けご》神社の拝殿

鬼門

寒二月煎り豆巻き寿司チョコレート有り難味というを供さる

はるばると鬼は逃げきて座る石千年のちも鬼を待ちいる

桃太郎はテロリストだと思います鬼ヶ島から小鬼の意見

空き家には取り残された赤鬼が二月の凍て月見上げておらん

人の棲む家なればこそ鬼も来る蹲りいる長押のあたり

節分は鬼のようなる心根を大方掃きだし少しは残す

鬼門なる方《かた》へたまさか行きたればなんだか小じゃれたものが建ってた

二月の鴉

河鴉浅瀬の杭に二羽ながら黒き頭《かしら》を傾げてとまる

白梅の梢の小さき鶯に連写の音を浴びせて人は

御笠川浄水処理場みず色のタンク並べる下を経巡る

切り抜けて二月の鴉もわたくしも冬の晴れ間の青天にいる

薄ら陽の冬の川辺の青鷺を寒しと見ればひたと見返す

軀より大きな魚を喰うている鷗の立つ砂嘴《さし》二月尽日《にがつじんじつ》

歩くこと嫌いな犬に出遭いたりわが徘徊の冬の陽ぬくし

遊び

水あさき川辺の梢に余念なく遊ぶ鵲黒白《こくびゃく》の羽根

春疾風《はやて》大気の塵を吹きとばし背振山系きららかに見る

遠山の送電鉄塔連れあいて歩み始める春のできごと

盛大に胴体震わせ音たてて遊びのように旧型電車

サイコロに似た家ころころ建ち並ぶ小さな窓の賽の目つけて

年頃をよく遊ばせてくれたりしミシン壊れるギギと停まれり

行き戻り辿りつきたる高架下小屋と言うべきミシン修理店

謎めいた古きミシンにも囲まれて愉しきろかも修理する人

春の短歌

あずさゆみ春の水路の滑らかさ歌を詠《うた》えば繰り返す短歌《うた》

見せばやを棄てる棄てるとするうちにすっかり無くなるわたしというもの

歩くほどに遠ざかりゆく虹に似てこれは何にでもあてはまる喩え

当たり前の過ちだった頬に吹く風を短歌に変えるというは

まみどりのキーウィこれほど酸っぱいか歌会の歌評鋭《と》くなりゆきぬ

若い人ものを知らぬと叱られてわたしひととき若い人なり

午まえのバス

都市バスを乗り継ぎ行くときどの人も小さき孤独の包みを持てり

巷間を海のごとしと思うとき潮流に乗る都市バスは行く

午まえのバスに揺られていつしらに王国統べる夢に入り込む

おじさんはどこまで行くのバス停に行き先のある人たちは並ぶ

幸運を無駄遣いしてまたバスがわたしばかりに都合よく来る

どの窓もかつて開いたことのないアパート下の新郷バス停

しっかりと抱き合い見交わす二人いてバス大通りコンビニの前

ヤマト糊

巨大なる白尨犬を担ぎつつ道行く人と今朝は会いたり

わが庭にやもめの鴨は現れて大きな水搔き萱草色の

公園に幼ら騒だつ昼つかた苗の喋らばかくやあるらん

ヤマト糊の黄色いカップ〈工作〉を見本どおりに造らぬ子供

手仕事は作業療法にさも似るとルース・レンデルかく記したり

麦秋の黄の秀の棘の苛々の欠点ばかりが目につく日あり

水の面に飛沫《しぶき》をたてて突っ込んで真鴨うれしい春の川みず

利き腕

利き腕を肩より高く引き上げて遥かなるかなもの打つ形

歳若き整体師言う「からだの使い方がどこか間違っていますね」

寝るときも人には顔がついていていて春の夜さりをものがたりする

大方は負けたがそれはしなかった衆ヲ恃ンデモノヲ言ウこと

夢ぬちに住みついている分身の妙な分別くささに困る

貧乏性で片づけずには居《お》られないほんに忙《せわ》しき気性のおんな

新掘りの根菜提げて行く真昼わが子の重さというを知らざり

美術館のひとつの壁に永遠に薯を剝く人ミセス・ヴュイヤール

K川河畔

戦争の実況放送観て出れば実物大というガンダムは立つ

ガンダムの足許過ぎて駅を越え橋を潜ればK川河畔

すれ違うときには左右に間をあけてつつましきかな川辺の散歩

大雨が来れば水の底になる川岸きょうは散歩する道

少年のあなたも必ずやっていた源流もとめて川遡る

一万歩超すころあいに思い出す「歩いていればアメリカに着く?」

入梅《ついり》まえ河口の水の仄暗さ無かった方の物語が来る

簗堤に小鴨庇いて母鴨の鴉と闘う様を見て過ぐ

追われきて川を渉るという人はあらずに堰の河鵜は一羽

風の午後オレンジ色のゴミ袋路上を滑り逃げてゆきたり

紙筆を商う店のうすら闇声やわらかく若き店員

本などを造っていたがこの頃は簞笥や家になっている　紙

読むための本を開いて水際のベンチに座り川を見ている

水底の匂い纏いて戻りくる覗色《のぞきいろ》した表紙の歌集《ほん》は

川の面に重なり重なり小さなる円は生まれて雨降り初める

街中を過ぎて河畔に至る道今日はずいぶん風と歩いた

でたらめのめくらめっぽう愉しさは飛び交い鳴きあう鴉五六羽

橋脚の下の葎に嘴太鴉《はしぶと》の撥ねて弾んで餌獲るところ

バイク用車庫の並びの扉あき愛馬一頭曳くごとく出る

弁当箱を掲げて行き来する人たちの街をみつける橋を渡れば

さびれても膝折るまでは程のある商店街の裏のＫ川

川風のすこし入りくる和菓子屋に〈ショコラドブル〉手書きのカード

人ゴミは混みであって塵ではない気づくわたくし六十歳代後半《ろくじゅうこうはん》

川の向こうに歩く人あり犬のあり波に照り映ゆ日差しの中を

川岸に立てば視界の平らかさ途切れることなき水の行く末

福博の街と地元民《われら》の呼ぶあたり川はどこでも北へ流れる

ペン胼胝は死語となりたり歩くとき振る手の指の色濃き二ヶ所

はじめから一人で歩いていたのだろうわたしのことだけ懐かしいから

平成建設

戦中派の母もの惜しみ片づかぬ天皇家でもそうなのかしら

ビルディングの無数なる窓わたくしが逢うことのなき人たちがいる

そう言えばこの頃名前を見ていない平成建設恙あらずや

ホームセンター木工部門というところ素人初心者の客は増えゆく

三日月の清く浮く夜弟はのっぴき無くてまだ帰り来ず

夫婦なんてそんなに喋るものじゃない阿吽の呼吸は鴉のつがい

筑後路は過ぎ行きかねて立ち寄れる神代橋《くましろ》そば唐揚げの店

掘削車《バック・ホー》の脇を過ぎつつ見上げれば運転席の中年女

珈琲が不味い

今はない沼地の水が公園のブランコの脚ときおり揺らす

埋められて半分残って囲われて飼い殺しのよう溜め池の水

安全も水も空気も無料《ただ》じゃないそれを売りくる人を思えり

意欲的な喫茶店にて珈琲が不味いということ悲しかりけり

かすみたつ春の確定申告は明日にしようミステリイ読む

一週間ブログ更新なき人へメール送るかやめておこうか

ことさらにものの隙間に覗くのでこの人犯人サスペンス・ドラマ

〈無〉という字を見るたび思う〈無〉にしては複雑すぎる形と思う

ダフネー変身譚

逢いに来る人を選びているならん桜は七日を限りと咲きぬ

欄干を走り抜けゆく川風のゆくえ遥かに春ふかくなる

逃げきれぬダフネー変身譚ののち悲しみはあり走ることには

水の面に風の走れば今年仔の河鴉かも潜《かず》き逃げゆく

夜の更けと書いて時刻は十時半早寝早起き詩人になれず

水の上《え》にもの放つごと晩春の手紙を結ぶ「ご自愛ください」

かあいそう

色めきたちどうとあちらへ傾《なだ》れ込むいつかやるかもしれぬと思う

こっそりと戻って拾い集めている自分の欠片　少し愉しい

金井美恵子が「かあいそう」と言うときの口の形のような月の出

木香薔薇見つめすぎると嘘になる金いろ黄いろ緑は死のいろ

われにある嫉む心よさあれあれ珍味に似るぞ噛みしめてみる

木蓮のぽかりと白き花の中いつか睡りに行きたき処

五月

五月にはおのずと輝くもの満ちて若葉、吹く風、ぬれた黒土

紫陽花を咲かす五月のカレンダー苗代寒《のしろがん》とぞ義父《ちち》は言いたり

茱萸の実の陽に透きとおる朱《あけ》の色渋いとわかっているんだ　食べる

説明するつもりはなくて今日もいる薄型テレビの上に縞猫

枇杷の木の大き葉叢と掛け袋わっさわっさと揺らし吹く風

新暦の五月にも降るさみだれは無口な人の手仕事に似て

雨の日に雨に濡れない場所のある野良の猫にもこの私にも

隠れ処《ど》の手入れ怠り草叢の禾《のぎ》に刺されてしばらくしゃがむ

大君

蓮の葉の向こうに右を向く鷺とひだり向く鷺ならびて静か

幾千の蓮の葉を打つ雨音に包まれ聞けり水底のよう

大君の水嵩《みかさ》いや増す御笠川なんの裔《すえ》なる青鷺の佇つ

見つけたか見つけたかと啼く鴉つゆの晴れ間は遠くに聞こゆ

黄のカンナ一本《ひともと》清々咲きたれば生れたるばかりの月の名で呼ぶ

はつなつの大城の山は背伸びして縹色した空に触れたり

この年も一朶《いちだ》きり咲く紫陽花のやはりいくらか野暮な青色

癪の種

鮮あざと水無月青き富士のやま雲のひとひら右肩に来る

南《みんなみ》の温気ふむむとわれに来て雨よ降りだせ六月半ば

間の悪い性質《たち》の女で町行けば余人《ひと》の被らぬ水に濡れたり

いつ来ても祭のような賑わいの天神町《てんじんのちょう》梅雨は開けたり

今ここに人生なぞを持ち出すなセピアめきたる初夏の空

いくつもの癪の種を取り出して風を通さんまだ枯らさない

街路樹のすべて伐《き》られて広くなる夏空支えるものの危うさ

生きてこの世の木下《こした》にあそぶ

ただしゐを拾ひてわたるほどのこと生きてこの世の木下《こした》にあそぶ
山埜井喜美枝

二〇一九年六月十八日に他界した旧師山埜井喜美枝《やまのいきみえ》は、その八十九年の生涯に十冊の歌集を上梓したが、私は、そのすべての詠草を筆写している。

こんなことを、自慢したい気持ちを込めて言ってみると、たいていの人が「ほお」と感心してくれた上で、言い足しようがないらしく「きっとたくさんの秀歌を暗唱しているのでしょうね」と続けてくれるのだが、実はそんなことはちっともないのである。

書き写すことにばかり意識が行ってしまうと、かえって頭には入らない。一冊あて四百首として、しめて四千首余を意地も手伝って書き写し続けて、結果ぐにゃぐにゃな字の出来上がりだし、毎晩眠たいし、腱鞘炎は直らないわ、家人には遠巻きに見守られるわ、そもそもなんでこんなことを始めてしまったのか、自分でもよくわからない。

私が山埜井を知ったのはその生涯の十年前ほどで、すでに師は病みがちであった。やがていくつものカルチャースクールの講師を退き、夫君久津晃に先立たれ、しばらくすると共に発行していた同人誌「飈《ひょう》」の活動も終了して、病院と介護施設を行き来する晩年となる。

遅れてきた弟子である私は、師の歌集を二冊しか持っていなかった。半ば途方に暮れた挙句、手始めにその二冊を書き写してみて、そのうち古書店などで歌集を見つけては、中断しながらも筆写していった。考えてみれば病状篤しとは言え、頼み込んで昔の歌集などを直接手にいれることもできたのに、それは思いつかなかった。

山埜井喜美枝は、旅順の生れ。終戦後一家で引き上げてきて、九州の歌会で知り合った石田比呂志氏と結婚して上京。文学で立身せんとする希望と、貧しい生活という現実と闘い続けた。

少女期の輪郭失せし顔ひとつこうこうと濃く紅をひきゆく
『やぶれがさ』一九七四（四十四歳）

握りめしの中の紫蘇の実嚙みしむる引きさらわるる如きひとりぞ

在京十年、九州に帰ってきた時は、夫婦別々であった。ほどなく二人は離婚する。短歌を手放すことなく、愛憎の果てに福岡熊本とそれぞれに居処を得て、歌壇での独自の位置を築いた。数年後に山埜井は、かっての歌友久津と再婚する。

いくたびの蹉跎越え来る女男よりてはららご赤き魚せせり食う
『多多良』一九七八（四十八歳）

病まば病め死なば死ねよと投げ出せしいのちすたすた歩みゆきたる

しかし久津には二人のまだ幼い娘があった。山埜井は子供の頃の疾病のためあらかじめ子供を産むことを諦めている。思わぬいきさつで得た家族。その家人それぞれの奮闘。（第三歌集から、作品は旧仮名遣いになっている。）

食ひ足らひ遊び足らひて埒もなき年端を恃み育てよといふ

『呉藍《くれなゐ》』一九八六（五十六歳）

うち伏してうた思ふときうつそみをうつそり退《そ》きてゆくわれがある

難しい十代の子供を養育する期間は、また歌人として飛躍していく時でもあった。山埜井は達観などしない。古典の素養に裏打ちされた詠みぶりであるから気づきにくいが、森羅万象を相手に毒づくがごとくである。

僅少差　否　鼻の差の具体もて辛くも勝つといへど勝ちたり
『六花《りつくわ》』一九九一（六十一歳）

双の手にひつさげてゆく愛・憎の憎持つ弓手やや重れる

生来の病弱のせいか、死・病・老いを頻繁に詠む歌人は、さながら終わりを希求しているようにも思える。この頃両親ともに心身衰えて、相次いで亡くなってしまうと、死はいよいよ親しいもののように詠まれる。

「人生を垣間見る」とぞ猪口才なわが一行を塗りつぶすなる
『火渡り』一九九四（六十四歳）

ゆるゆると老いてまゐらむ私はわたくしのため紅鉄漿をつけ

実際の生活は安定して、歌人としては今やゆるぎない立場に至りながら、心底を去ることのない故郷喪失者としての自己を詠んでいく。

昭和果て南蛮風に売家と書くや秋津島瑞穂国は

『かひやぐら』一九九七（六十七歳）

生れたるはニセアカシアの花の街われに始めより古里のなし

一方、作詠はいよいよ充実して、数々の歌壇の賞を受ける。迷うところなく万物を自己の言葉に変換させて、捕獲していく感がある。

ちはやぶる「天神さまの細道」ぞ嫗はやう行け信号変る

『歩神《ありきがみ》』一九九九（六十九歳）

滅びたるものら名細《なぐは》し井光《ゐかひ》・蝦夷《えみし》・熊襲・土蜘蛛・筑紫の磐井

福岡県歌人協会が設立されると、山埜井は初代会長に就任する。余裕の感じられる歌集ながら、根底の指向は題名のとおりでもあった。

うべなうべな男のごとくかろがろと口割るまいぞ　熟るる郁子の実

『はらりさん』二〇〇三（七十三歳）

降ちゆくかたちは見せずひと夜さに花は　はらりさん　一切合財

古今の詩歌に通じる歌人は、さながらその作者と交流しているようである。夫婦ふたり、人生も老いも楽しんでいく様子であるが、読者としては、ようやく実年齢と生死感が一致してくれたとも思える。しかし、ひとりの弟が世を去ることになった。

ひとつ言の葉拾ひて帰る梓弓春の遺失物落し主なし

『じふいち』二〇〇六（七十六歳）

じふいちよ十一よと啼く慈悲心鳥亡きおとうとは修一《しういち》にてそろ

山埜井喜美枝の歌集を読む人はある疑問を持つに違いない。

山埜井は料理がたいそう上手で、美味しい食べ物、美味しい酒を好み、よく「口福」の短歌を詠む。風呂好きだったのか、その場面も多い。実子は持たずとも、嬰児や若者をたびたび詠む。いつまでも生れ地を懐かしみ、亡き父母が今も身近に訪れてくると語るのである。

どうして毎度同じことばかり詠むのか。自己模倣ではないのか。

それは歌集を筆写していた私が心から思ったことである。似たような内容、構成の連作が多い。身辺雑詠があまりに過ぎるのではないのか。

山埜井は古典のみならず文学に深い知識を持ち、自由闊達な修辞を手の物にし、また観察力鋭く、正鵠を射る人であった。思うのだが、そういう歌人が社会詠人事詠を手掛けると、上手すぎるために発生する「やってみました」感が出てしまうのではないだろうか。

師は、その危険を知っていたのではないかと思う。傍観詠ではなく、自分に引き寄せて詠むこと。そのために、実際には少なくない時事詠も身辺詠に感じてしまう、その形を選択した結果と考えるのである。

「火をつくる」おごそかにして慎ましき行ひも忘れ果てし家刀自

『月の客』二〇一一（八十一歳）

一足飛び早足駈足の足力若き丁《よほろ》の光るひかがみ

冒頭の一首は、飈短歌会の歌会に出された詠草であるが、歌集にはとられていない。その理由は初句の〈しゐ〉にあると思う。〈四位（しゐ）〉であって〈椎（しひ）〉ではない。トリッキーであって、底意地もよろしくない。私の最も好きな短歌である。

そしてもう一首、やはり歌集には見えないが、忘れることのできない短歌をあげておきたい。

石の橋木の橋光る鉄の橋わけても恋ほし不レ渡橋《ワタラズノハシ》

歩神《ありきがみ》どこまで迎えにきただろう新暦七夕うす曇りなり

二十歳《はたち》ほど復《お》ち返りて先生は午すぎのバスに乗り来たるかな

何かしら忘れものをしたような彼岸此岸を見渡すところ

君莫くて行くことは無しちはやふる神松寺《しんしょうじ》の島廻《しまめぐ》り橋《ばし》

夏の読書

去るときに人は振り向く六月のジュンク堂福岡尽日閉店

ジュンク堂詩歌は二階の突き当り歌人《うたびと》らしき人には遇わず

原稿用紙は何処に購わんとのたまいき丸善天神撤退の時

ブックセンターホンダ俄かに閉店すあるじは誉田氏本多にあらず

口中にほつほつ溶けるラムネ菓子あとひきやまず短編小説

丸善に人待つときは若き日の滅多やたらなわたしに出逢う

独創的な書店が出来てまた消えて読めないままのたくさんの本

紫式部

呼ばれたら順に一人で行くんだよ同じ高さにアガパンサス咲く

綺羅つけてどこかもっさりしてしまう女なりきよ紫式部

蓮華草の貴《とうと》くはない紫を踏めばにゅううと沈む田の面《おも》

思索には場所を選ばずバルザックの像は埋もれるあら草の中

木漏れ日の陰陽片設く池の辺に蝶は一頭ずつにて来たる

涼しさの予感にも似て午後三時うら路地より来るまっすぐな風

雨のむた

いつの世かわが在る野辺の池に咲く蓮を数えてひと生《よ》すごさん

幸福の王子のように自分ではない人だけを幸せにする

半時の雷雨のあがる太宰府はつぃいつぃいいい燕の戻る

新しい水の匂いを運び来る七月なかの日午過ぎの風

雨脚は俄かに激し湧きたちて得たりや応と鳴き合う蛙

沛然と雨降り籠める文月の雨のむた来る配達の人

散歩が好物

方々《かたがた》の庭先うらから見るような細く曲がりて上下する道
そちこちの扉おおきく開け放ち人を迎えるためにはあらず
更地というものの明るさあっけなさ水溜まりがひとり遊びす

回り道寄り道すれば面白い神社の参道どこも真っすぐ
わたくしの行かなくなった商店街《アーケード》きっとどこかに旅立っている
おおぜいの人に交じって立つときも寂しかったよこの交叉点
旅行けと仄めかされる夢のなか旅は嫌いで散歩が好物
通過していつか狐に変化《へんげ》して葡萄ひと粒たべずに戻る

借りもの

何にしろ隠す用には足らずとも煉瓦にみたてて言葉は積まれる

無口なる言葉は昨夜訪れてしばし座りぬ而して去る

夕闇の次第に長くなる頃はものみな互いにかたちを変える

水草の茂りすぎたる水槽の何も語らぬ饒舌もある

両の手を大きく広げて立つときに言葉はいつもだれかの借りもの

縦書きのアピカノートの廃番に詠草筆写すすみ難しも

何故かわからなければ見るたびに辞書引き読むは梔子という文字

ウーバー・イーツ

請求書の控の束を処分してひとの生計《たつき》の記憶を消しぬ

公衆トイレの配管ボックスの扉から人の出てきて一礼されたり

ショッカーの手下が働いているようなウーバー・イーツのライダー奔《はし》る

コピー紙も即々届く通販の謎の倉庫はいずこに在らん

余剰弁当四千食を棄つるとき耳は聞きしやいかなる音を

「緊急事態宣言出るぞ」「まじっすか」重機の唸りの間《あい》より聞こゆ

余念なくこの世を掃除するルンバ世界平和は業務外です

労働の証のお金が父うえよバブルになったりビットになったり

涼気

かけがえのあらぬ涼気を都市バスは炎天の道ひそと運べり

夏ま昼路上に黒く鋭きものは主《あるじ》を置いて出歩くか影

建具屋はひっそりときて縁側の網戸立て込み去り行きにけり

よく冷えた水羊羹のまん中の小豆のように夏のひとり居

缶入りの蚊取り線香ヤニじみた蓋に雄鶏右を向きおり

界隈の湿り気こぞって待ちうける梅雨のさなかの往来に出る

濡るること愉しきほどの通り雨歩《あり》くと称えてさらにおもしろ

ショッピング

買い物に疲れた旅びと地下街のあちらこちらに打ち寄せられる

川中に獲物漁りし両の掌の末裔なるかバーゲン品を摑む

マスク越しの声聞きづらしお互いに身をのりだしてスーパーのレジ

スーパーのカードのポイントの多寡などを検分しているおっさんが夫

二十一世紀の英知の果ての缶入りのオレンジジュース39円

千円はあしたも千円の価値かしらこだわりパンというものを買う

ふじ林檎の甘さ色づきその重さ言葉は何を語るためにある

家刀自

展示され悔しい感じに語られる鍋島藩のアームストロング砲

キャットフードのお供えしてある鍋島さま猫騒動の猫塚の前

そのかみの鍋釜提げての鍋重しひたすら軽くなるは調理具

夏寒き厨に豆を煮ておれば古代の女の炊仕のごとし

縄文の女の指の痕をつけ火焔型土器静かに座る

家刀自と呼ばるる齢にあと少し火付きの悪《わろ》きこのガスコンロ

鍋底のでこぼこに残る焦げ跡のべつに正義という訳じゃない

百五十年の雨

秋雨の庵《いおり》の縁《えん》に座る時きゅきょと鳴く鳥　尼《あま》が来ている

雨降るは雨聴くことにほかならず人を包んで屋根を打つ雨

有名無名あまたの志士を匿いたる庵ぞあるじは野村望東尼《のむらぼうとうに》

『夢かぞへ』ゆめの雨より書きいだす和歌《うた》日記に流罪のいきさつ

百五十年まえの雨音聴きながら百五十年後の木立を思う

忘れられた存在というのも悪くない鳥の目をしてふふと笑えり

いくばくか肩の尖りて前を行くあれは望東尼　従い歩く

振り向いて老い尼は言う「そのようにあなたは私を消費している」

象が棲んでいる

金色の木香薔薇の咲き残る露台ある家九月尽日

人々は家に籠れと宣《の》るときの家はいかなる形であるか

人間を収めて夕日に輝けるマンション次第に厚みを失くす

秋の陽の透きとおりゆく窓下に鶏頭ほこりくさく咲きたる

段だらのテントに象が棲んでいる福岡城趾の木下大サーカス

お向いの窓の中にはお向いの人が棲むなり不確かなれど

大河の堤防歩けば家々はつくろわぬ顔水面《みなも》に向ける

好ましき建物いくつかこの家は顔いっぱいに笑うことあり

秋の短歌

えいっと本を揺すれば短歌が滑り落ちなにか煩いことを言い出す

思い出の代わりじみたる短歌かな悪気はなくてもあなたは嫌い

川べりに心惹かれる扉あり短歌のようだとようやく気づく

詠む人に忘れられたる短歌ひとつ詠む人忘れて物語りする

旧仮名の短歌を辿れば翻訳のごときひと手間ゆかしきろかも

尤もらしい言葉に引っ張られる短歌を詠む向こうで短歌が可笑しがっている

一人きりに何か作って少しだけ誉められるのがいいか短歌も

弥生板付遺跡

二千年前からここで遊んでる黄鶺鴒跳ねて水漬く田の中

田の草が匂えば水も匂うかな形なきものことに愛おし

颱風の間に鳴き初む夏蟬のいまだ靭きと言いかねる声

太古には巨木であったマンションの窓より見るや弥生の祭

古代から便り は届く「そちらではすっかり平和を取り戻しましたか」

濠あとにゆらゆら靡く草の葉に川の名残の魚と覚える

古代には大刀自のいて鐸などを振るうてたれを踊らせたるや

逆光の土塁を見上げて太古より溢れて零るる青の色かな

板付の弥生の遺跡の下手よりぬうと現れ旅客機の飛ぶ

貫頭衣まねびて縫える夏の衣すがた優しも乳房つつむ

無花果の実は朝には割れ始め世界もそこから割れようとする

石の上《え》に長く座れば何者かずいと後ろより引き込むものあり

川水が満ちゆくように夜になる覚悟なき者とく去ぬるべし

夜の音を隔つるものなき古代には夜の音ぬちに包まれ眠る

明日には天磐戸の開く予定　立見席までびっしり満員

弥生にも卑怯未練の女いて今日《こんにち》わたしは梨を食みたり

仕方噺

公園は夜更けてゆけど若きらの仕方噺のような語らい

すじ雲と入道雲の混じりあう空のはるけさ九月朔日

蝶々は人間なんか見ていない木香薔薇と蝶の逢引き

蓑虫の蓑を破りてみたる日よ秋の初めは雨まだぬくし

夜の更けは秋の初めと思うとき露わなるかな待つということ

屋上の手摺をちょんちょん跳ね歩く鴉たのしや秋はつかの間

龍の腹見あげるごとき鱗雲　水泡となりて従い行かん

白餡まんじゅう

白杖の人に肩を貸しながらスマホを見つめて歩める女

新茶祭の籤引かされて十キロの白米当てる散歩の途中

卓上の砂糖入れから救われた蟻は逃げ行く砂糖咥えて

翁堂《おきなどう》の白餡まんじゅう程のよき甘さいささか小さくなったが

堤防の修繕おおかた片づいて芒の白銀生き延びている

怒りつつ今夜彼女は眠るだろう白雨に叩かれ川は膨らむ

冬服に白を着こなす麗人と書いてかわゆし田辺聖子は

漂泊の想いは野猫のシロスケの年に二度ほどの滞在にある

索条を引く声

長月の宵に吹く風どこやらに用あるかおして通り過ぎたり

真夜中の大通りに開《あ》く穴の中太き索条を引く声のする

公園は立ち入り禁止きっちりと塞ききる柵の律儀な造り

あれこれと解説されて判り易い戦争を観る日本の人が

マンションの屋上に育ちて樹は峪を見下ろすごとく戦ぎ続ける

人間は行ったところしか歩けない机の上に猫の通い路

此れの世を滅ぼすものも入れて行く枯葉模様の絣のバッグ

福岡刑務所短歌クラブ

無花果が今年はちっとも熟さない九月十月十一月も

今はない甘い薫りを吸いこんでそれは去年の未来の無花果

毎月の福岡刑務所短歌クラブ杉の林の山径の奥

刑務官も一緒に笑う「先生は、短歌上手いね」なんて言われて

無花果の薫りただよう頃に来る福岡矯正管区の人は

頭文字のみに書かれる作者の名〈矯正管区文芸コンクール〉

この年は無花果のこと話さずにコンクールの選評渡す

さきくさの

さきくさの中洲《なかす》中島《なかしま》町みぎの岸ひだりの岸も黄葉《もみじ》たけなわ

この鴨脚《いちょう》樹こよい婚姻するならん黄葉まぶしく輝く梢

やぶ椿ひとつふたつと窓の外その茶房にて長く話せり

思い出すことで始まる忘却かりんりんりりり鈴が振られる

いっぱいに広がるあれは羊雲われを見捨てて行くは美し

想うとは数えることであるものを逢う日逢えぬ日数えてすごす

見よ見よとものの溢るる寂しさや持たねば捨つることもあらざる

寒がり

執念《しゅうね》くも暑気のなかなか消えやらぬ十月一日夜まだ浅し

十月に真夏日くれば法外に寒がりなりしちちのみの考《ちち》

ヒーターを抱くごと座る父にして生まれ貧しき少年なりき

数行に記して父の極寒の抑留は二年従軍二日

戦争はしないはずだが戦争に参加して日本七十五年

買い換えてスマートになる携帯《けいたい》電話のあんな機械で戦争は出来る

暑の戻りという言葉なく草叢の虫が戸惑うように鳴きだす

人類の再生案も出るならん神寄り謀る月の真夏日

セント・バーナード

ゆっくりと風は吹きそむ樹の下に乾きかけたる葉の擦れる音

紅葉なすお石茶屋の庭に来てしばし壺中の天の住人

見上げれば紅葉の間《あい》の丸い空わたしを知らない鴉が横切《よぎ》る

愛玩のスイッチ何処にあるだろう手のひらほどの松毬拾う

セント・バーナード紋付羽織袴にて参道歩む七五三の日

蓋一枚はずれたような秋晴れに夫は外壁《そとかべ》塗りはじめたる

解っているふりで切り抜けし幾山河わたしもありて秋の雨降る

どんぶらこ

良いものは川上から来るどんぶらこ川下のこと知らない知らない

茜さす紫いろの嗽薬《イソジン》の棚に残りて小春洗い場

お屋敷の跡は五つに区割りされ地霊《ゲニウス・ロキ》もたぶんバラバラ

わが町のグローバル化はコンビニに古アパートに始まり充ちる

池中に生け簀しつらえ鴨たちは越えつ滑りつ冬の陽の中

梯《かけはし》

再会は明日かそれとも百年後ひがしの空の雲と別れる

棚引くと棚曇りとは違います今日はどちらの雲が来ている

晩秋の棚引く雲の　梯《かけはし》　を踏んでゆらゆら誰《たれ》か降りくる

名月を車窓の上辺《うわへ》に貼りつけて鹿児島歌会より帰りたり

人間界となりにあるとも思わずに羽《はね》をひろげる鵜は堰の上

ゆくりなく博多霜月雨もよい三キロさ迷う少しく愉し

捩じくれて絡みあった自転車とバイクの家の次の角です

冬の読書

冬の夜の窓辺に立てば忘れていた本の中より世を見るような

本を読む人についての物語「挿絵も会話も見あたらない本」

古びたるＥＱＭＭ《クイーンス・マガジン》読み継ぎて好ましきかな語り口とは

読者欄の実名住所いと古きミステリ・マガジンゆかしきかなや

本一冊ランチ一食どちらかを選ぶほどなる今日の冬晴れ

推理小説《ミステリイ》に慮外者見ること辛ければまた読み返す清水義範

本というひとつの窓よ開く夜も閉じたるときもわたくしを待て

アイロン

時を刻む時計の音の絶えたのち家電てんでに喋りはじめる

家族という単位あやふやとなる世にて静かに進化してゆく家電

共棲みの家電は多し朝夕にあちらを切ってこちらは入れて

かく古び手狭まらしかるアパートの通路にこもごも洗濯機は並む

コードから火花を噴いて終《しま》えたり古き小振りの昭和のアイロン

魔が差して小さからざるヒーターを分解してみて戻せずにいる

凸《でっぱり》凹《へこみ》

着膨れて街を歩めば　膕《ひかがみ》を露わに見せて真乙女の行く

道行く人みんな何かを連れている子どもや犬やあるいは想い

見るべきか気づかぬふりをするべきか家並みの向こうの不審なる音

冬曇り少し眠たい裏街にがらんからららん鋼管の鳴る

清潔な廃墟をめざしているようなわれが行かねば人あらぬ駅

これはもう開き直っているならん堂に入ったるシャッター通り

歩くとき冷たい手を持つわたくしに語らぬための言の葉もある

遠目よりなめらかに見ゆる巨大都市でっぱりへこみで出来てる実は

数え日

行く年の背中にあらん前歩む人のなにやらあやふやとなる

口ほどにない一年ぞと思いつつ季節違《たが》えの暖かき暮れ

夏日から手のひら返しに冬になるちゃんちゃら可笑しと君は言いたり

畦道に立ちたる一羽の青鷺を前、横、後ろと見つつ過ぎたり

数え日の工務店ははやばやと掃除終えたりシャッター降りる

うららかな年の瀬の来てスーパーは所在無さげな客の少なさ

煩しと見るまで繁る椿の葉きらいな人をまた思い出す

シュレッダー

シュレッダー黒塗り焚書隠したきものの溢るる一年終る

国民は黙ってものを買えばよい回す回ると経済が言う

インスタ映え、君たち、シンゴジ偶数に端折られていくものの名前は

使えない男なりしと折々に思い出されて顔は覚えず

政治的采配としてははそはの宝皇女《たからのひめみこ》の重祚と崩御

幕末の博多に斬られし加藤司書《かとうししょ》古刹の裏手の塀際の墓処

色褪せた見積資料のわが文字の生真面目なるを束ごと棄てる

道連れ

簗堤に苔を啄ばむ三羽いて啄ばみながら水に入りたり

遣り繰りのあげくに工面をつけたよう霙どうにか落ちくる風情

「人間の営為の半ばは移送なり」わが身のほかは今日は運ばず

たまさかの道連れとなるご婦人に家賃の高《たか》まで教えられたり

まだ逢わぬ思い出のごと陽を浴びて障子の桟の粗き家並み

魚屋は数多まなこを商うと思いて清し対の目の玉

常ならぬ大雪の降る那《な》の邦《くに》にほのかに充ちる雪の匂いは

あとがき

故久津晃・山埜井喜美枝夫妻発行の短歌同人誌「飈《ひょう》」の活動休止ののち、私はこれからどうするという知恵もないまま、九州博多の地で市民生活を送っていたのですが、あるきっかけにより、「短歌人会」に末席を得ることができました。「短歌人会」にお誘いくださった方の助言に従いまして、毎月一定の数の短歌を詠み、それを手放すという、短歌体質を得るために必要なことが、少しはできたかと存じます。

さらに「藪の会」（同人誌「鱧と水仙」）にも加えていただいたのですが、うっかりしたことに鱧水（略称）はたいしたハード・ボイルド体質で、新参者にも容赦なく氏名五十音順に、季評と呼ばれる評論だの、巻頭三十首だのを振ってきてくれるのです。

私はこのように減らず口を叩きはしますが、評や論は苦手です。考えあぐねた挙句に書いたのが季評「生きてこの世の木下《こした》にあそぶ」でした。指定文字数を大幅に超しました。それでも掲載してくださいました編集部に感謝します。

その後ふたたび何の考えもなくすごしていました。それがどういう塩梅かふと「生きて……」に多少加筆した文章を含めた、第二歌集を出すことができるのではないかと思いついたのです。いっそ書名も『生きてこの世の木下《こした》にあそぶ』にしてしまえば、どうかしらん。

「颸」の諸先輩方に叱責を受けるかもしれません。しかし山埜井先生は笑ってくださると思います。

短歌に足を踏みいれたのは遅い私ですが、不思議にカルチャースクール、同人誌、結社、歌友、それにご厚誼をいただいた方々に、それは恵まれてまいりました。あんまり幸運に応えてもきておりませんが、やっぱりこんなふうに歌人山中を続けていくと思われます。

今回は帯文を賜りました藤原龍一郎さま、毎月の選歌のことも加えてお礼申し上げます。なかなか言うことをきかない著者に根気強くアドヴァイスを送って、あいまいな本のイメージを実物にしてくださった六花書林の宇田川寛之さま、装幀の真田幸治さま、ありがとうございます。

二〇二三年三月

山中もとひ

著者略歴

1956年生まれ。
短歌人会、藪の会（鱧と水仙）、よつかど短歌会所属。
歌集『〈理想語辞典〉』（現代短歌社、2015年）

現住所
〒812-0894
福岡県福岡市博多区諸岡４－５－24

生きてこの世の木下《こした》にあそぶ

2023年5月1日 初版発行

著 者――山中もとひ

発行者――宇田川寛之

発行所――六花書林
〒170-0005
東京都豊島区南大塚3-24-10 マリノホームズ1A
電 話 03-5949-6307
FAX 03-6912-7595

発売――開発社
〒103-0023
東京都中央区日本橋本町1-4-9 フォーラム日本橋8階
電 話 03-5205-0211
FAX 03-5205-2516

印刷――相良整版印刷

製本――仲佐製本

定価はカバーに表示してあります
ISBN978-4-910181-49-3 C0092